D1497193

Barbara Steinitz • ¡Les importa un pepino!

Advertencia: Solo los perros azules y
naranjas de los cuentos pueden comer
bombones. Para todos los demás
perros comer chocolate no es sano.

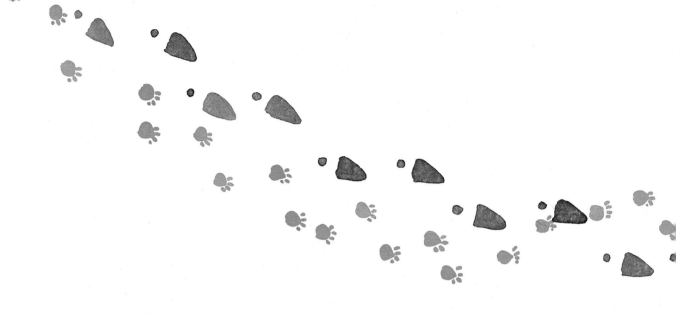

Para mamá y papá.
Y Kocki, sin la cual esta historia
quizás jamás hubiese existido.

Para Björn
y especialmente
para Ingrid y Thomas.

Impermeable y resistente
Producido sin agua, sin madera y sin cloro
Ahorro de un 50% de energía

¡Les importa un pepino!
© 2009 del texto e ilustraciones: Barbara Steinitz
© 2018 Cuento de Luz SL
Calle Claveles, 10 | Urb. Monteclaro | Pozuelo de Alarcón | 28223 | Madrid | Spain
www.cuentodeluz.com
Por acuerdo con Von dem Knesebeck GmbH & Co. Verlag KG
Título original en alemán: *Schnurzpiepegal*
Primera edición en alemán en 2009 por Bajazzo Verlag, Zurich
Segunda edición en alemán en 2018 por Von dem Knesebeck GmbH & Co. Verlag KG
Traducción al español de Jimena Licitra
ISBN: 978-84-16733-33-0
Impreso en PRC por Shanghai Chenxi Printing Co., Ltd. julio 2018, tirada número 1645-1

Barbara Steinitz

Les importa un pepino!

Si uno va andando por las calles y los parques de la ciudad, verá que todos los perros se parecen a sus dueños. ¿O tal vez sea al revés, y son los dueños los que se parecen a sus perros?

El perro salchicha de Antón es igual de alegre e insolente que él.

Algunas señoras ponen la misma cara larga que su perro pequinés.

El caniche de Ariela se pasea con la cabeza bien alta, igualito que ella.

Óscar es rápido y delgado, como su galgo.

El tipo misterioso del parque y su perro puli llevan el mismo peinado.

Aunque todos crean lo contrario, el bull terrier del vecino, el señor Luzi, es tan simpático como él, porque lo ha educado francamente bien.

Pero el perro de Leonora...

...Ese sí que no se
le parecía en nada.
En nada de nada.

A Leonora le gustaba la ópera. Por eso le puso a su perro el nombre de Fidelio, en honor a su ópera favorita. Cuando Leonora escuchaba ópera en su viejo gramófono, Fidelio se ponía a cantar y Leonora bailaba. Los vecinos, furiosos, daban golpes en el techo con el palo de la escoba y se quejaban: «¡Calle usted a ese chucho, que no para de aullar!». Aunque ya se sabe que los vecinos no entienden de buena música… A veces Fidelio cantaba cuando salía el sol, cuando se hacía de noche, cuando llovía, o incluso simplemente cuando estaba contento.

El caso es que, con Leonora, Fidelio siempre estaba contento.

Pero cuando Leonora y Fidelio salían a dar un paseo, la gente empezaba a cuchichear: «¡Miren a ese perro! No se parece en nada a su dueña, pero en nada de nada. ¡Qué increíble!».

Y se burlaban de ambos.
Pero a Leonora no le importaba.

Bueno, quizás un **POCO** sí.

Dos calles más arriba vivía Carmelo. Y su perro...

...Tampoco se le parecía en nada. En nada de nada.

A Carmelo le gustaba hacer bombones. Solía pasarse días enteros inventando las recetas más atrevidas. Hacía bombones de todo tipo: alitas de elfo de mazapán, trufas de violetas, canicas de pistacho, besos de hada con sirope de flores de saúco, zarpas crocantes de gato, tallarines de turrón...

La perra de Carmelo se llamaba
Pistacha porque sus bombones
favoritos eran precisamente las
canicas de pistacho. Pero en realidad
le gustaban todos los bombones de
su dueño. Por lo general, después
de terminar de hacer bombones
a Carmelo no le apetecía comer
más chocolate. Por eso se los daba
a Pistacha, y esta comía muchos,
demasiados...

Cuando un nuevo tipo de bombón no le
gustaba, gruñía un poco. Pero cuando un
bombón le resultaba especialmente rico,
meneaba la cola con alegría y se ponía a rodar
por el suelo. Los dos eran muy felices juntos.

Sin embargo, cuando Carmelo salía a dar un paseo con Pistacha, comenzaban los cuchicheos: «¡Miren a ese dueño! ¡No pega para nada con su perro! ¡Asombroso!».

Todos se partían de la risa
y los miraban con desprecio.
Pero a Carmelo no le importaba.

Bueno, quizás un **POCO** sí.

Pero un buen día la aguja del gramófono de Leonora se rompió justo
cuando iba a escuchar su disco favorito, así que decidió sacar a Fidelio
más temprano que de costumbre y de paso comprar una aguja nueva
por el camino. Salió de su casa a las ocho, no a las diez como siempre.
Si el gramófono de Leonora no se hubiese roto, quizás Leonora y
Fidelio jamás se habrían encontrado con Carmelo y Pistacha.

Leonora miró a Pistacha.
Carmelo miró a Fidelio.
No hizo falta decir nada.
Estaba claro.

Intercambiaron las correas y se fueron a sus casas:
Leonora con Pistacha, y Carmelo con Fidelio.

Ahora ya nadie decía nada. Por fin
Leonora y Carmelo podían pasear con
sus perros tranquilamente.

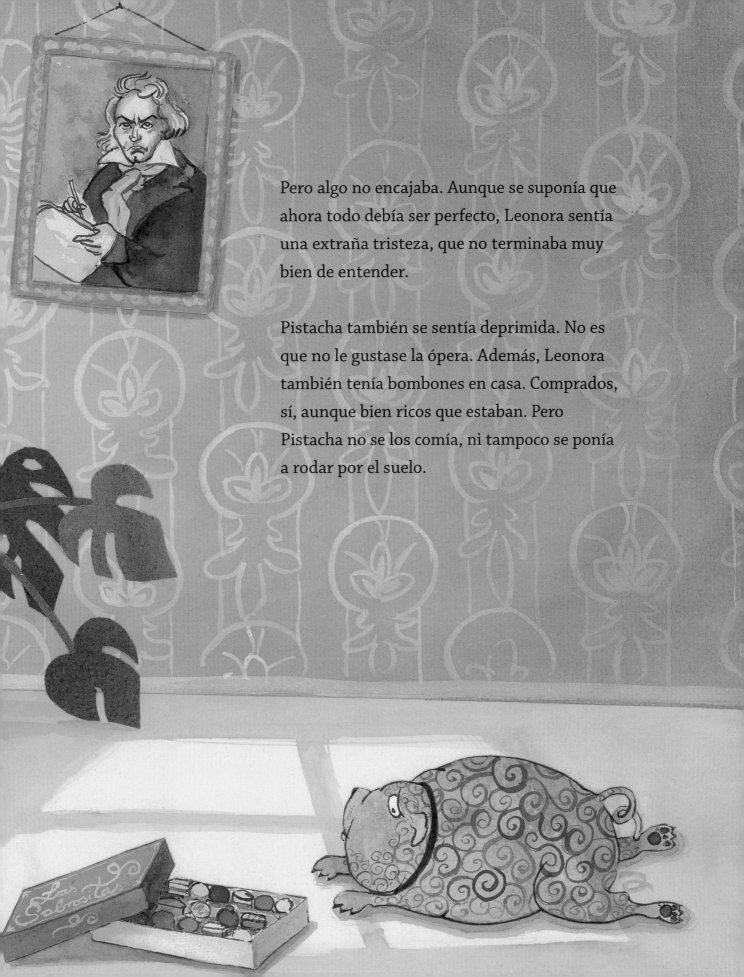

Pero algo no encajaba. Aunque se suponía que ahora todo debía ser perfecto, Leonora sentía una extraña tristeza, que no terminaba muy bien de entender.

Pistacha también se sentía deprimida. No es que no le gustase la ópera. Además, Leonora también tenía bombones en casa. Comprados, sí, aunque bien ricos que estaban. Pero Pistacha no se los comía, ni tampoco se ponía a rodar por el suelo.

Carmelo y Fidelio también tenían una sensación extraña. No es que a Fidelio no le gustasen los bombones… ¿A qué perro no le gustan? Además, Carmelo tenía una pequeña radio y, aunque en la radio no se escuchaba la ópera favorita de Fidelio, sí sonaba música muy bonita. Pero Fidelio no quería escuchar otra música y ya no cantaba.

Así que los cuatro —Leonora y Pistacha, Carmelo y Fidelio— cada vez estaban más tristes. Ninguno se explicaba por qué, si ahora todo era perfecto.

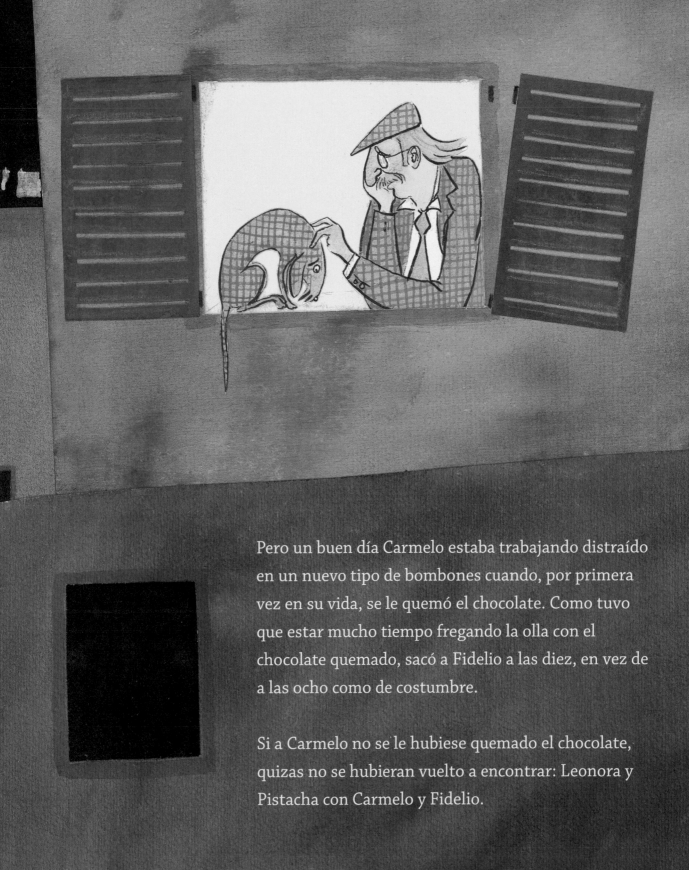

Pero un buen día Carmelo estaba trabajando distraído en un nuevo tipo de bombones cuando, por primera vez en su vida, se le quemó el chocolate. Como tuvo que estar mucho tiempo fregando la olla con el chocolate quemado, sacó a Fidelio a las diez, en vez de a las ocho como de costumbre.

Si a Carmelo no se le hubiese quemado el chocolate, quizas no se hubieran vuelto a encontrar: Leonora y Pistacha con Carmelo y Fidelio.

Leonora miró a Carmelo.

Pistacha miró a Fidelio.

Y Carmelo miró a Leonora.

Y Fidelio miró a Pistacha.

De repente, ese sentimiento inexplicable
de tristeza desapareció de un plumazo.
No hizo falta decir nada.
Estaba claro.

Y así se fueron de paseo:

Leonora con Carmelo.

Fidelio con Leonora.

Carmelo con Fidelio.

Pistacha con Fidelio.

Carmelo con Pistacha.

Leonora con Pistacha.

Desde entonces, todo lo hacen los cuatro juntos: escuchan ópera, cantan, bailan, hacen bombones y se los comen... Y se ponen a rodar por el suelo locos de alegría.

Cuando la gente los ve, comenta extrañada: «Los perros no pegan para nada, y sus dueños menos aún. ¡Qué ridículos!».

Pero a ninguno de los cuatro les importa lo que digan.

Ni siquiera un **POCO**. En realidad...

...¡Les importa un pepino!